DEUX PORTEURS DE CHAISE,

COMÉDIE-PARADE

En un Acte & en Vaudevilles,

Par MM. DE PIIS & BARRÉ;

Représentée pour la premiere fois, à Trianon, devant LEURS MAJESTÉS, *le Jeudi 26 Juillet 1781, par les Comédiens Italiens Ordinaires du Roi.*

PAR EXPRÈS COMMANDEMENT DE SA MAJESTÉ.

M. DCC. LXXXI.

PERSONNAGES,	ACTEURS,
LÉANDRE, Amoureux d'Isabelle,	*le Sr Michu.*
PIERROT, Valet de Léandre,	*le Sr Clairval.*
CASSANDRE,	*le Sr Rosiere.*
LE DOCTEUR,	*le Sr Chevalier.*
ISABELLE,	*la Dlle Lescot.*
COLOMBINE, Suivante d'Isabelle,	*la Dlle Billioni.*

Le Théâtre représente la façade d'un Sallon donnant sur une cour, ouvert d'une porte au milieu & d'une fenêtre de chaque côté.

LES DEUX PORTEURS DE CHAISE, COMÉDIE-PARADE.

SCENE PREMIERE.

COLOMBINE, ISABELLE, *dans le Sallon dont les portes sont ouvertes.*

COLOMBINE.

AIR : *V'là c' que c'est que d'aller au bois.*

Voila notre amour culbuté,
Car Léandre ainsi rebuté,
A ne plus vous voir est butté,
Et comme il machine
D'aller à la Chine,
Son Valet
M'a dit qu'il falloit,
Qu'il suivît son cabriolet.

ISABELLE.

Je conçois que si Pierrot part,
Tu pleureras de son départ;
Mais tu conviendras, d'autre part,
Que de moi, Léandre
Ne doit rien attendre;
Car j'ai su que ce fréluquet
Pour mon bien seul me reluquoit.

COLOMBINE.

AIR : *N'avez-vous pas vu l'horloge?*

Votre mine
Le domine
Par un plus puissant attrait,
Ne croyez pas qu'il combine
Son amour par l'intérêt.

ISABELLE.

Laissons cela, Colombine,
Dites-moi quelle heure il est.

COLOMBINE.

AIR : *Vous l'ordonnez, je me ferai connoître.*

Pourquoi cela ?

ISABELLE.

C'est qu'aux heures prochaines
J'ai le dessein de faire un choix tout neuf;
Cassandre à dix, & le Docteur à neuf,
Viennent, à part, me présenter leurs chaînes.

COLOMBINE.

Quoi! vous voulez que l'Amour vous inspire
Pour l'un des deux des sentimens divers;

Allez, il n'est en Amant, comme en vers,
Point de degrés du médiocre au pire.

AIR : *Le lendemain.*

Et puis le beau Léandre,
Afin d'être dégagé,
Ne viendra-t-il pas prendre
Comme il le doit, son congé;
Après les larmes d'usage,
Rien qu'en vous baisant la main,
Il remettra son voyage
Au lendemain.

ISABELLE.

AIR : *Mon petit cœur à chaque instant soupire.*

A son abord je saurai me soustraire,
Et si jamais il paroît dans ces lieux,
Sans dire un mot, je fixerai sur terre,
Bon gré malgré, mes regards sérieux.

COLOMBINE.

Je vous entends; s'il vous dit qu'il vous aime,
Modestement vous baisserez les yeux;
Mais je crains bien que par ce stratagême
A vos genoux vous ne le voyez mieux.

Tout justement le voici qui s'avance
Avec Pierrot, le long du pavillon.

ISABELLE.

Il est, ma Chere, il est de la prudence
De lui fermer au plutôt le sallon.

COLOMBINE.

Quoi, vous traitez Léandre de la sorte!

ISABELLE.

Oui, je le veux.

COLOMBINE.

Hélas! j'obéirai ;
Mais je crains bien quand il reste à la porte,
Qu'Amour chez vous ne soit déjà rentré.

(*Colombine ferme la porte du Sallon.*)

SCENE II.

Les Précédentes, *dans le Sallon* ; LÉANDRE, PIERROT, *en dehors du côté de la grille.*

LÉANDRE.

AIR : *Chanson, chanson.*

JE tremble fort que cette Belle
Ne soit à mes adieux rebelle ;
Mais avançons :
Et pour nous faire reconnoître,
Soupirons près de sa fenêtre,
Quelques chansons.

PIERROT, *va à la fenêtre du côté de la remise.*

A s'accorder de sa guittare,
Mon très-cher Maître se prépare ;
Nous cependant,
En jouant de la castagnette,
Pour complimenter la Soubrette,
Faisons pendant.

LÉANDRE, *va à la fenêtre du côté de la grille.*

AIR : *Du serin qui t'a fait envie.*

C'en est donc fait, & je décampe
Pour suivre votre ordre inhumain ;
Mais dans quelqu'endroit que je campe,
Je vous écrirai de ma main.
En adressant à la plus belle
Mon billet qu'Amour dictera,
Je suis presque sûr, Isabelle,
Qu'à vous seule on le remettra.

PIERROT.

AIR : *Sans cesse à la ville, à la cour.*

Le cœur de désespoir navré,
Il est vrai que je le suivrai ;
Mais si-tôt que j'arriverai,
Tu peux compter, ma Colombine,
Qu'au même instant je t'écrirai
A l'encre de la Chine.

LÉANDRE.

AIR : *Du serin qui t'a fait envie.*

Vous payez ma flamme fidelle
Du silence le plus moqueur ;
Mais quoique vous fassiez fi d'elle,
Je la garderai dans mon cœur.
En revenant, Beauté sournoise,
Je compte sur un autre accueil ;
Car nul petit pied de Chinoise
Ne pourra me donner dans l'œil.

PIERROT.

AIR : *Sans cesse à la ville, à la cour.*

En dépit de tout alentour
Sous peu je serai de retour ;

Mais puissiez-vous, sans nul détour,
Incomparable Colombine,
Vouloir encore à votre tour,
D'un Magot de la Chine!

LÉANDRE.

AIR : *Du serin qui t'a fait envie.*

Dans cinq ou six mois, il n'importe,
Quelque matin, ou quelque soir,
Vous recevrez à votre porte,
(Si le chaud vous y fait asseoir)
De bijoux une malle pleine;
Et vous y trouverez, sur-tout,
Un beau Léandre en porcelaine,
Pour couronner votre surtout.

PIERROT.

AIR : *Sans cesse à la ville, à la cour.*

Fidele à ton minois coquin,
Que je sois un maître faquin,
Si, pour te faire un casaquin,
Je ne remets, ma Colombine,
Cinq ou six aunes de Pékin
Au Courrier de la Chine.

COLOMBINE, *à la fenêtre, du côté de la remise.*

(*Léandre passe aussi du même côté.*)]

AIR : *Lisette est faite pour Colin.*

Eloignez-vous subitement
Avec Monsieur Léandre :
Car ma Maitresse à son tourment,
Ne veut plus condescendre.
Nous attendons en ce moment
Le Docteur & Cassandre,
Pour juger successivement
Lequel elle doit prendre.

LÉANDRE.

AIR : *Du pas redoublé de l'Infanterie.*

Qu'ils paroiſſent, je me ris d'eux,
Et s'ils veulent ſe battre,
Afin de les pourfendre en deux,
Je vais me mettre en quatre.

PIERROT.

Moi, je ne ſuis pas envieux
Qu'on les anéantiſſe :
Il ſuffit de berner les vieux,
Pour en faire juſtice.

AIR : *Laiſſez paître vos bêtes.*

Cherchons un ſtratagême.

COLOMBINE.

Cachez-vous & ne parlez pas;
Car le Docteur lui-même,
Dirige ici ſes pas.

LÉANDRE.

Sanbleu !
Morbleu !
Par la corbleu !
Si je ne modérois mon feu,
Ce vieux, ſous peu,
Verroit beau jeu.

PIERROT, *faiſant paſſer Léandre derriere le Docteur, qui frappe à la porte.*

J'aviſe un ſtratagême :
Eſquivons-nous à petits pas :
Que le Docteur, lui-même,
Ne nous entende pas.

SCENE III.

ISABELLE, COLOMBINE, *en dedans.*

LE DOCTEUR, *frappant à la porte du Sallon.*

AIR : *Que ne ſuis-je la fougere ?*

AMOUR, tu rends tout facile.
Ce rendez-vous plein d'appas,
Me fait, vers ce domicile,
Galoper à petits pas.
Pour prix d'un auſſi beau zele,
Si vous aimez le Docteur,
Ouvrez-lui, Mademoiſelle,
Votre porte & votre cœur.

ISABELLE, *ouvrant la porte.*

Permettez que l'on s'explique,
Avant d'aller en avant,
Dans votre tendre ſupplique,
Vous vous donnez pour ſavant ;
Mais ſi je puis m'y connoître,
Soit dit ſans vous alarmer,
Vous ne pouvez pas trop l'être,
Pour m'apprendre à vous aimer.

(*La Scene ſe paſſe ſur le devant du Sallon.*)

LE DOCTEUR.

AIR : *Ah, ah, ce n'eſt pas cela.* (des Sabots.)

Si je m'annonce pour Docteur,
C'eſt que ma ſcience eſt grande.
Grecs & Latins n'ont point d'Auteur
Qu'aiſément je n'entende.

ISABELLE & COLOMBINE.

Ah, ah, ah, ah,
Ce n'eſt pas cela,
Monſieur, qu'on vous demande.

LE DOCTEUR.

J'aurai, ſi nos nœuds ſont certains,
De l'eſprit en commande;
D'une chanſon, tous les matins,
Je vous ferai l'offrande.

ISABELLE & COLOMBINE.

Ah, ah, ah, ah,
Ce n'eſt pas cela,
Monſieur, qu'on vous demande.

LE DOCTEUR.

Quant aux cadeaux, ne craignez pas
Qu'avec vous je marchande,
Je ne ſuivrai jamais vos pas,
Si quelqu'autre vous mande.

COLOMBINE.

Ah, ah, ah, ah,
Ma foi, c'eſt cela,
Monſieur, qu'on vous demande.

SCENE IV.

Les Précédens, CASSANDRE, *en dehors, du côté de la grille, ſans voir ce qui eſt dans le Sallon.*

CASSANDRE.

AIR : *Pan, pan, pan, pan, pan.*

A CE rendez-vous
Si doux,
Pour être venu d'avance,
Voilà-t-il pas que la toux
Me fait reſſentir ſes coups. (*En touſſant.*)
Houx, houx, houx, houx, houx.
Voudroit-elle, en conſcience,
Houx, &c.
(*Il prend des paſtilles pour appaiſer ſa toux.*)
D'un auſſi malingre époux ?

LE DOCTEUR, *voyant Caſſandre du dedans du Sallon.*

AIR : *de Joconde.*

Mais quel eſt donc cet étranger ?
Me ſeriez-vous traîtreſſe ?

ISABELLE, *à Colombine.*

Parle, toi.

COLOMBINE.

C'eſt, pour abréger,
Un oncle à ma Maitreſſe.
Comme il déteſte les pédans,
Et la Philoſophie,
Il pourroit vous montrer les dents.

LE DOCTEUR.

Parbleu, je l'en défie.

COLOMBINE & ISABELLE.

AIR : *Toujours, toujours, il est toujours le même.*

Point de milieu,
Si vous voulez nous plaire.

LE DOCTEUR.

Et mais, mon Dieu !

COLOMBINE & ISABELLE.

(*On place le Docteur sur un balcon.*)

Cachez-vous dans ce lieu.

LE DOCTEUR.

D'où vient qu'il auroit lieu
De se mettre en colere ?

COLOMBINE & ISABELLE.

Suffit ; droit comme un pieu,
Attendez son adieu ;
Point de milieu,
Si vous voulez nous plaire.

ISABELLE.

AIR : *La lumiere la plus pure.*

Sauf le plaisir qu'on peut prendre,
A vous voir vif & gaillard,
Savez-vous, Monsieur Cassandre,
Qu'on vous attendoit plus tard ?

CASSANDRE.

Quand d'un aussi beau visage,
On veut obtenir la main,
On ne sauroit à mon âge,
Trop tôt se mettre en chemin.

COLOMBINE.

Monsieur, sans être importune,
Ne pourroit-on pas, au fond,
Savoir si votre fortune
A votre flamme répond ?

CASSANDRE.

Va, va, par des soins sans nombre,
Pour cet objet sans pareil,
Apprends que j'ai mis à l'ombre
Vingt mille écus au soleil.

ISABELLE.

Un pareil discours m'assomme,
Prétendroit-on m'acheter ?

CASSANDRE.

Je vous offre cette somme,
Mais, dussiez-vous l'accepter,
Je soutiens sans hyperbole,
Que je ne vous prise pas ;
C'est tout au plus une obole
Pour chacun de vos appas.

SCENE V.

Les Précédens, PIERROT, *en Marquis ridicule*, & LÉANDRE.

(*Pendant le Couplet qui suit, Pierrot fait cacher Léandre proche la grille.*)

PIERROT.

AIR : *Jardinier, ne vois-tu pas ?*

RESTEZ pour être éclairci,
Derriere cette grille :
Tout ira bien, Dieu merci ;

LÉANDRE.

(*A peine apperçoit-on Léandre.*)

De voir la fin de ceci,
Je grille, je grille, je grille.

PIERROT.

Je saurai cacher mon jeu,
Et j'ose vous promettre,
Que la pauvre fille en feu,
Va-prendre tout au pied de —
— La lettre, la lettre, la lettre.

PIERROT, *en dehors & à la grille.*

AIR : *Je suis joyeux.*

Dans ce local
N'est-il aucun vassal?
Par un bachanal
Infernal,
Doublons notre signal.

CASSANDRE.

Ma frayeur est sans égale.
Va-t-il entrer dans la salle?
Je me trouve mal.

COLOMBINE.

Remettez-vous, c'est quelqu'original.

CASSANDRE.

Dis plutôt un rival
Que je crois très-brutal;
Et qui, d'un bras fort déloyal,
Me donneroit le bal.

(*On fait placer Cassandre sur l'autre balcon.*)

COLOMBINE.

AIR : *Réveillez-vous, belle endormie.*

Puisque vous craignez de paroître
Aux regards de cet étranger,
Je ne vois que cette fenêtre
Qui vous reste pour vous ranger.

PIERROT, *entrant dans le sallon.* (très-haut.)

AIR : *Un Cordelier d'une riche encolure.*

Dans ce logis j'arrive pour surprendre
Un certain Léandre,
Qu'on dit nuit & jour
Etre dans ce séjour.
Est-il ici ?

COLOMBINE.

Non pas, que je le sache.

PIERROT.

Le traître se cache.
Visitons ces lieux :
Jugeons-en par nos yeux.

PIERROT, *donnant une lettre à Isabelle.*

AIR : *Vaudeville du Tableau parlant.*

Sachez que ce maraud
Devoit en mariage,
Epouser au plutôt
Ma sœur Margot.

ISABELLE, *ayant jetté un coup d'œil sur la lettre.*

Je vois le badinage.

LE DOCTEUR & CASSANDRE.

Ah, ventrebleu! j'enrage
De croquer le marmot.

ISABELLE.

ISABELLE.

Mais c'est Pierrot !

PIERROT, *à Isabelle.*

AIR : *Ah ! le bel oiseau, maman !* (à demi-voix.)

J'ai pris ce déguisement
Pour écarter tout le monde :
Mais de votre tendre Amant,
Lisez ce billet charmant.

COLOMBINE.

Pierrot, parle doucement ;
Nous avons ici du monde.

PIERROT.

J'en suis trop certain, vraiment,
Depuis que j'ai fait ma ronde.
Mais pour peu qu'en ce moment
Isabelle me seconde,
Mon Maître va promptement
Voir la fin de son tourment.

(*On baisse la rampe pour commencer l'orage.*)

ISABELLE.

AIR : *Dans ma cabane obscure.*

Pierrot & Colombine,
Taisez-vous, s'il vous plaît ;
Je veux, à la sourdine,
Déchiffrer ce poulet.

PIERROT.

Mais la nuit vient se mettre
Tout en face du jour.

ISABELLE.

Je lirai cette lettre
Au flambeau de l'Amour.

(*L'orage commence. Isabelle lit la lettre; Colombine & Pierrot parlent bas ensemble.*)

CASSANDRE.

AIR : *De la confession.*

Ah ! combien le vent,
En s'élevant,
Fait de ravage !

LE DOCTEUR.

Ah, grands Dieux ! quel vent
Souffle du côté du levant !

CASSANDRE.

Il me donne au milieu du visage.

LE DOCTEUR.

C'est un vent d'orage.

CASSANDRE.

Mais il pleut vraiment :
Je serai noyé dans ma cage.

LE DOCTEUR.

Je sens clairement
Qu'il grêle épouvantablement.

CASSANDRE.

Mais ce n'est peut-être *qu'un passage.*
Il faut du courage.

LE DOCTEUR.

Je ne perdrai point
Une goutte de ce nuage.

CASSANDRE.

L'eau tombe à tel point,
Que mon dos tient
A mon pourpoint.

LE DOCTEUR.

Ceci passe un peu le badinage.

CASSANDRE.

Ventrebleu, j'enrage.

LE DOCTEUR.

Ah, Dieu, quel éclair !
Rien n'est plus clair
Que ce présage.

CASSANDRE.

On croiroit que l'air
Ne forme plus qu'un seul éclair.

LE DOCTEUR.

Mais la nue à coup sûr se partage.

CASSANDRE.

Quel affreux tapage !

LE DOCTEUR, *tombant à ses genoux.*

Je suis tout tremblant
En sentant trembler le vitrage.

CASSANDRE, *joignant les mains.*

Ah, ciel ! qu'en roulant
Ce grand coup-là fasse chou-blanc.

ISABELLE, *bas à Pierrot.*

AIR : *Des billets doux.*

Léandre innocent à mes yeux,
Est, dis-tu, proche de ces lieux :

Mais je crains un esclandre ;
A Cassandre ainsi qu'au Docteur,
Il pourroit arriver malheur
S'il alloit les surprendre.

PIERROT, *bas.*

J'ai des moyens très-positifs
Pour faire évader vos captifs ;
Et qui plus est, Madame,
Je veux les faire défiler
Sans qu'ils entrent en pour-parler
Sur leur commune flamme.

AIR : *O ma tendre musette !* (très-haut.)

Il faut céder, ma Belle,
A la fatalité,
Et je compte, Isabelle,
Sur l'hospitalité ;
D'en médire à la ronde,
Sans doute on se promet :
Mais si l'honneur en gronde,
La saison le permet.

ISABELLE & COLOMBINE.

AIR : *Ah, maman ! que je l'échappai belle !*

Ah, vraiment !
C'est la chose impossible ;
Croyez fermement
Qu'on est un peu trop susceptible,
Pour prêter, le temps fut-il terrible,
Aucun logement
Tout près de notre appartement.

CASSANDRE & LE DOCTEUR.

Ah, vraiment !
Que cet homme est terrible !
Pour peu qu'un moment

A ſa demande on ſoit ſenſible;
C'en eſt fait, dans cette gêne horrible,
Sans ſoulagement,
Je demeure éternellement.

PIERROT.

Sans voiture, il me ſemble plauſible,
Que le grand chemin doit être encore inacceſſible;
Mon départ ne peut être exigible.

LE DOCTEUR & CASSANDRE.

Ah, quel garnement!
Que ne ſort-il pédeſtrement?

ISABELLE.

AIR: *En roulant ma brouette.*

Mais par parentheſe,
Sans tant diſcuter,
J'ai là-bas ma chaiſe,
Daignez l'accepter.

PIERROT.

Oh! ne vous déplaiſe,
Avant d'y monter,
Je ſerai bien aiſe
De la viſiter.

(*Pierrot deſcend du Sallon, & va ſous la remiſe viſiter la chaiſe & ſe mettre dedans.*)

SCENE VI.

ISABELLE, COLOMBINE, CASSANDRE, LE DOCTEUR.

ISABELLE, *à Colombine.*

AIR: *Des pendus.*

NE perdons pas un ſeul moment,
Et toutefois va prudemment,
Pour en être enfin délivrées,
Chercher les deux grandes livrées,
Qui, dans l'antichambre, en un coin,
Sont toujours en cas de beſoin.

ISABELLE.

AIR: *Quel déſeſpoir!*

Mon cher Docteur,
Pour emmener ce téméraire,
Mon cher Docteur,
Il ne nous manque qu'un porteur.

LE DOCTEUR.

Eh bien, que puis-je y faire?

ISABELLE.

Eh bien, la choſe eſt claire:
Il faut vous contrefaire
Sous cet habit impoſteur.

LE DOCTEUR.

Mais mon honneur.....

ISABELLE.

Ne doit conſiſter qu'à me plaire.

Mon cher Docteur,
Servez-nous de second porteur.

LE DOCTEUR, *en mettant une des deux redingotes apportées par Colombine.*

AIR: *De tous les Capucins du monde.*

Vous le voulez, je me déguise ;
Il faut en faire à votre guise ;
Mes bras porteront aisément,
Pour suivre des projets si droles,
Cet homme que j'ai franchement
Déja porté sur les épaules. (*Il sort du Sallon & s'approche de la chaise.*)

ISABELLE, *à Cassandre.*

AIR: *Des Folies d'Espagne.*

Si vous m'aimez, sachez, Monsieur Cassandre,
Que sans chercher ni de mais, ni de si,
Sous ces habits, il faut vîte descendre,
Et transporter ce quidam loin d'ici.

CASSANDRE.

Si du plaisir la fatigue est la source,
Pour ce trajet me voilà tout dispos ;
Mais permettez que pour prix de ma course,
A vos genoux je cherche le repos.

PIERROT.

AIR: *Oh! oh! oh! ah! ah! ah!*

Eh bien! faquins, finirez-vous?
J'ai l'ame impatiente,
Et je vous roûrai tous de coups,
Si l'on ne diligente.

CASSANDRE & LE DOCTEUR, *à part, en se toisant l'un & l'autre.*

Apparemment que celui-là
Eſt le Laquais qui m'aidera
La, la.

PIERROT.

Oh ! oh ! oh ! ah ! ah ! ah !
Les maudits Porteurs que ceux-là !

CASSANDRE & LE DOCTEUR.

AIR : *Un moment ſeulement.*

Un moment ;
Quel tourment !

PIERROT.

Un moment,
Doucement.

ISABELLE & COLOMBINE.

Doucement,
Doucement.
Allez également.

CASSANDRE & LE DOCTEUR.

Il ſemble
Que tout ſe raſſemble
Pour m'accabler cruellement.

PIERROT, *en dedans.*

Vous, derriere, & vous par devant,
Ne pouvez-vous marcher enſemble ?

CASSANDRE & LE DOCTEUR.

Un moment ;
Quel tourment ! &c.

SCENE VII.

LÉANDRE, COLOMBINE, ISABELLE.

LÉANDRE, *du côté de la grille, les voyant de loin.*

AIR : *Oh ! oh ! oh ! ah ! ah ! ah !*

Enfin, les voilà décampés :
Pierrot m'en débarrasse ;
Et ces deux Vieillards bien dupés
M'abandonnent la place ;
Cherchons l'Amour en entrant-là,
Je suis sûr qu'il me menera
La, la,
Oh ! oh ! oh ! ah ! ah ! ah !
Aux pieds de celle que voilà.

(*Il entre dans le Sallon.*)

Sur ma destinée au plutôt,
Que votre cœur prononce ;
Du billet qu'a remis Pierrot,
Donnez-moi la réponse.

COLOMBINE.

Le pauvre Amant que c'est donc-là !
Eh quoi ! vous demandez cela !
La, la,
Oh ! oh ! oh ! ah ! ah ! ah !
Ne la lisez-vous donc pas-là ? (*Elle fait signe à Léandre de lire dans les yeux d'Isabelle.*)

LÉANDRE.

Oui, pour le coup dans vos beaux yeux
Léandre la devine ;

Et dès ce moment précieux,
Plus de voyage en Chine.

ISABELLE.

Quand mon Amant s'embarquera,
Et qu'Isabelle le suivra,
La, la,
Oh! oh! oh! ah, ah! ah!
C'est à Cythere qu'on ira.

COLOMBINE.

AIR: *de l'Amour Quêteur.*

Cythere, à parler franchement,
Est un Pays imaginaire,
Qui n'est nulle part sur la terre,
Et s'y trouve à tout moment.
Quand on est deux, & quand on s'aime,
Sans chercher bien loin on le voit;
Car Cythere est dans l'endroit
Qu'on habite soi-même.

ISABELLE.

Cythere est un climat charmant,
Où l'on peut, quelque tems qu'il fasse,
Sans pour cela changer de place,
Voyager également.
Quand on est deux, & quand on s'aime,
Le cœur n'est jamais refroidi;
Car Cythere est au midi
Dans le fond du nord même.

LÉANDRE.

Ah! que l'Amour est inventif!
Ce Dieu, si favorable aux hommes,
A fait pour tous tant que nous sommes,
Son Empire portatif.

Quand on est deux, & quand on s'aime,
On y peut entrer nuit & jour ;
Car le flambeau de l'Amour
En tout tems luit de même.

SCENE VIII.

CASSANDRE & LE DOCTEUR; *ramenant la chaise en dehors*, & les Précédens *en dedans.*

CASSANDRE.

AIR : *M. la Palisse est mort.*

ENFIN, on peut s'arrêter,
La chaise n'est pas légere.

LE DOCTEUR.

Ne pouvant plus la porter,
Il faut la mettre par terre.

CASSANDRE.

AIR : *Dans le fond d'une écurie.*

Dans le fond de la remise,
C'est à toi de la serrer.

LE DOCTEUR.

C'est par toi, sans murmurer,
Qu'elle y doit être remise.

CASSANDRE, *à part.*

Qu'a-t-il donc à différer ?
Que je ris de sa méprise !

ENSEMBLE.

Il faut, à nous séparer,
Cependant nous préparer.

CASSANDRE.

Es-tu la Fleur ou la Brie ?

LE DOCTEUR.

Es-tu la Brie ou la Fleur ?

CASSANDRE.

Quitte un peu ce ton railleur.

LE DOCTEUR.

Cesse la plaisanterie.

CASSANDRE.

Isabelle est pour mon cœur
Une Maitresse chérie.

LE DOCTEUR.

Moi, d'Isabelle, en honneur,
Je suis l'humble serviteur.

CASSANDRE.

Allons, tiens, prends le pour-boire
Que m'a donné ce vaurien.

LE DOCTEUR.

Eh, non, non; garde le tien,
Au contraire, j'ose croire
Que tu recevras le mien.

CASSANDRE.

Parbleu! la drole d'histoire.

LE DOCTEUR.

Tu te fais prier pour rien.

CASSANDRE.

Non, mais je te veux du bien.

LE DOCTEUR, *ôtant sa redingote.*

Otons, sans plus nous morfondre,
Cet habit disgracieux.

CASSANDRE, *ôtant la sienne.*

Se peut-il ? Ah, justes Dieux !
Mais j'ai de quoi vous répondre.

LE DOCTEUR.

Ciel ! en croirai-je mes yeux ?
Tout ceci vient me confondre.

ENSEMBLE, *d'un ton menaçant.*

Nous voici deux amoureux,
Savoir lequel est heureux ?

SCENE IX ET DERNIERE.

PIERROT, *qui étoit derriere pendant le dernier couplet*, & les Précédens.

AIR : *Pour un maudit péché.*

Mes chers Messieurs, tout beau :
Commencez par vous taire ;
L'Amour m'a fait cadeau
De son petit flambeau,
Pour que je vous éclaire
Sur votre qui-pro-quo.....

(*Ici Pierrot va se mettre avec Colombine à une des fenêtres, & Léandre & Isabelle sont à l'autre.*)

Eh bien ! cela doit faire
Tableau.

Avec ſon cher Amant,
Vous voyez Iſabelle ;
Ils s'étoient méchamment
Brouillés pour un moment ;
Mais près de ſa cruelle
Mon cher Maître eſt depuis
Ce qu'auprès de ma Belle
Je ſuis.

LE DOCTEUR & CASSANDRE.

AIR : *Que le ſoleil dans la plaine.*

Ainſi donc pour l'inhumaine
Qui tantôt s'eſt ri de nous,
D'une tempête ſoudaine
Nous aurons ſenti les coups.

PIERROT.

Prenons du ſort qui tout enchaîne,
Et qui s'oppoſe à vos deſirs,
Vous la peine,
Nous les plaiſirs.

CHŒUR.

AIR : *Il m'en pend.* (Contredanſe.)

Protégez,
Ménagez
Cette bagatelle
Nouvelle :
Qu'elle échappe à la main
D'un Cenſeur par trop inhumain.

PIERROT.

Meſſieurs, l'on voit voler ſouvent
Au gré du vent,
Ces bouteilles

Vermeilles,
Qu'un enfant
En soufflant,
Fait éclore facilement :
Elles durent plus d'un instant,
Quand rien ne va les heurtant.

ENSEMBLE.

Protégez,
Ménagez
Cette bagatelle
Nouvelle :
Qu'elle échappe à la main
D'un Censeur par trop inhumain.

FIN.

www.ingramcontent.com/pod-product-compliance
Ingram Content Group UK Ltd.
Pitfield, Milton Keynes, MK11 3LW, UK
UKHW021205230726
13926UKWH00001B/329